LES BLÉS MOUVANTS

DU MÊME AUTEUR

Poésie.

Théâtre.

A ÉTÉ TIRÉ DE CET OUVRAGE

Sept exemplaires sur Japon impérial.
trois exemplaires sur Chine,
Vingt-neuf exemplaires sur Hollande van Gelder
numérotés.

ÉMILE VERHAEREN

Les
Blés mouvants

— *POÈMES* —

QUATORZIÈME ÉDITION

PARIS
MERCVRE DE FRANCE
XXVI, RVE DE CONDÉ, XXVI
MCMXXV

A MON AMI ALFRED VALLETTE

LES BLÉS MOUVANTS

A PAQUES

Frère Jacques, frère Jacques,
Dormez-vous ?
Chanson populaire.

Frère Jacques, frère Jacques,
Réveille-toi de ton sommeil d'hiver :
Les fins taillis sont déjà verts
Et nous voici au temps de Pâques,
Frère Jacques.

Au long du bois morne et blémi
Où ton grand corps s'est endormi

Depuis l'automne,
L'aveugle et vacillant brouillard,
Sur les grand'routes du hasard,
S'est promené, longtemps, par les champs monotones ;
Et les chênes aux rameaux noirs
Tordus de vent farouche
Ont laissé choir,
De soir en soir,
Leur feuillage d'or mort sur les bords de ta couche.

Frère Jacques,
Il a neigé durant des mois
Et sur tes mains, et sur tes doigts
Pleins de gercures ;
Il a neigé, il a givré,
Sur ton chef pâle et tonsuré
Et dans les plis décolorés
De ta robe de bure.

La torpide saison est comme entrée en toi
Avec son deuil et son effroi

Et sa bise sournoise et son gel volontaire ;
Et telle est la lourdeur de ton vieux front lassé
Et l'immobilité de tes deux bras croisés
Qu'on les dirait d'un mort qui repose sous terre.

Frère Jacques,
Hier au matin, malgré le froid,
Deux jonquilles, trois anémones
Ont soulevé leurs pétales roses ou jaunes
Vers toi,
Et la mésange à tête blanche,
Fragile et preste, a sautillé
Sur la branche de cornouiller
Qui vers ton large lit de feuillages mouillés
Se penche.

Et tu dors, et tu dors toujours,
Au coin du bois profond et sourd,
Bien que s'en viennent les abeilles
Bourdonner jusqu'au soir à tes closes oreilles

Et que l'on voie en tourbillons
Rôder sur ta barbe rigide
Un couple clair et rapide
De papillons.

Pourtant, voici qu'à travers ton somme
Tu as surpris, dès l'aube, s'en aller
Le cortège bariolé
Des cent cloches qui vont à Rome
Et leurs clochers restant
Muets et hésitants
Durant ces trois longs jours et d'angoisse et d'absence,
Tu t'éveilles en écoutant
Régner de l'un à l'autre bout des champs
Le silence.

Et secouant alors
De ton pesant manteau que les ronces festonnent
Les glaçons de l'hiver et les brumes d'automne,
Frère Jacques, tu sonnes

D'un bras si rude et fort
Que tout se hâte aux prés et s'enfièvre aux collines
A l'appel clair de tes matines.

Et du bout d'un verger le coucou te répond ;
Et l'insecte reluit de broussaille en broussaille ;
Et les sèves sous terre immensément tressaillent ;
Et les frondaisons d'or se propagent et font
Que leur ombre s'incline aux vieux murs des chaumières ;
Et le travail surgit innombrable et puissant ;
Et le vent semble fait de mouvante lumière
Pour frôler le bouton d'une rose trémière
Et le front hérissé d'un pâle épi naissant.

Frère Jacques, frère Jacques,
Combien la vie entière a confiance en toi ;
Et comme l'oiseau chante au faîte de mon toit ;
Frère Jacques, frère Jacques,
Rude et vaillant carillonneur de Pâques.

LES ROUTES

Comme des clous, les gros pavés
Fixent au sol les routes claires :
Lignes et courbes de lumière
Qui décorent et divisent les terres
En ce pays de bois et de champs emblavés.

Les plus vieilles se souviennent des temps de Rome
Quand s'en venaient les Dieux

2.

Rôder dans les vergers des hommes ;
D'autres ont aperçu la fée au manteau bleu
Qui se glissait entre les saules
Avec un ver luisant fixé sur son épaule ;
Quelques-unes se complaisent aux longs détours
Pour visiter les croix qu'on dresse aux carrefours
Ou les vierges qu'on fête en des niches de pierre ;
Et les voici, celles qui ont senti la guerre
Et sa bondissante colère
Passer.

Pendant l'hiver morne et tassé
Autour des âtres,
Les grand'routes grisâtres
Semblent languir au loin, sous un ciel lourd et bas.
Mais dès que les beaux jours les réchauffent là-bas,
Toutes partent ensemble et s'adjugent de la vie.
Leurs grands gestes à travers champs convient
Au travail vaste et clair
Hommes, chevaux, herses, charrettes

Et les gamins et les fillettes
Qui s'arrêtent parfois pour écouter dans l'air
Le chant flûté et saccadé d'une alouette.

Alors
Les grand'routes, dès le matin, s'en vont d'accord
Sous les rameaux et les ombrages
Vers les prés et les eaux, les bourgs et les villages ;
Et sans fatigue et sans repos
Elles longent le mur ou le fossé des clos ;
Elles se haussent ou s'inclinent
Selon la courbe lente ou brusque des collines ;
Elles tardent soudain à s'en aller plus loin
Quand embaume le trèfle ou que fleure le foin ;
Parfois l'ombre grande des nues
Flotte seule à midi sur leur surface nue ;
On les voit traverser les clairs arpents de blé
Où s'activent les bras d'un travail rassemblé ;
L'une s'éloigne à droite et puis sinue à gauche,
Vers un fermier qui bine ou vers un gars qui fauche ;

L'autre descend, très humblement, tracer un rond
Autour de la cabane où vit un bûcheron ;
    Les plus hautes et les plus larges
Transportent sur leur dos de si compactes charges
Qu'à les voir s'en aller, par les couchants vermeils,
Avec leurs charrois pleins et leurs lourds attelages,
On croirait que les toits inégaux d'un village
    Sont en marche vers le soleil.

    Ainsi les routes grandes ou petites
        Visitent
    De l'aube au soir, durant l'été,
    Et la ferme vivante et le clos déserté.
Leur voisinage est doux à ceux qui, sur leur porte,
S'assoient le soir en se parlant des choses mortes.
    Elles savent quel est le pas
    Qui tous les jours, à telle heure, s'en va
        Du bourg d'en haut au bourg d'en bas ;
Elles mènent au cimetière ou à l'église
    Elles mènent encor jusques au bois

Où quelque gars violent et sournois
Guette la fille qu'il courtise ;
Elles connaissent tout : bonheur, tristesse ou deuil
Que resserrent les murs et dérobent les seuils
Si bien que c'est et la joie et la peine
Qu'elles charrient de plaine en plaine
Avec l'entêtement de la vaillance humaine.

DIALOGUE RUSTIQUE

JEAN

Et maintenant, j'avoue,
Qu'aux temps d'été, quand le soleil,
Parmi les champs d'avoine et de méteil,
Dorait mes roues,
Je conduisais plus fièrement et de mon mieux
Mon large et sonore attelage
Parce qu'à ta fenêtre, au loin, dans le village,
Derrière ton rideau, me regardaient tes yeux.

KATO

Et moi,
Puisqu'à présent j'ose tout dire
Et que je n'ai plus peur
D'un pli moqueur
Dans ton sourire,
Je te dirai qu'elle était bien pour toi
La longue branche
Pleine de fleurs
Que je jetai, comme au hasard, dimanche,
Quand tu parlais aux gars farauds et batailleurs.

JEAN

Un autre, hélas! que moi l'a soudain ramassée.

KATO

N'importe, il n'eut jamais mon cœur, ni ma pensée.

JEAN

Oh! que ces mots me sont réconfortants et doux.
Depuis deux ans, je n'ai cessé d'être jaloux
De ceux qui te parlaient d'amour le long des haies,
Derrière les jardins où l'or des roseraies
Eclatait en faisceaux dans le soir et la nuit.

MATO

Tu songes au passé et je vis d'aujourd'hui;
Vraiment, il n'est que toi dont les mains m'ont touchée.
Ah! notre amour à nous, tiens-la dûment cachée
Comme la main protège un feu contre le vent;
Quoi qu'on dise chez toi, ne réponds à personne.
Seules, la fleur qui pousse et l'herbe qui frissonne
Ecouteront le bruit de nos baisers fervents;
Il ne faut pas que fil à fil et maille à maille
On défasse le fin tissu de nos secrets.
Ils sont à nous : si l'on t'attaque, attaque et raille
Et riposte comme autrefois au cabaret,
Quand ta langue était prompte et facile aux saillies.

JEAN

Repose-toi sur moi et sois sans peur, Kato.
Plus les propos méchants mais vains se multiplient,
Plus mon cœur est alerte et mon esprit dispos.
Je sais ce qu'il faut taire et sais ce qu'il faut dire.
    Le soir, quand on s'assemble autour des feux :
Mon oreille est subtile et mes yeux savent lire
        Mieux que d'autres, au fond des yeux.

KATO

        Alors, lis dans les miens la joie
            D'avoir conquis,
        Parmi tant de gars francs, celui
Dont maintes fois mon corps rêva d'être la proie.
            Et néanmoins,
        Tout en t'aimant dès la saison des foins,
    Souvent je me disais : « Mieux que personne,
        Celui qui m'aime sait combien
Est plus large et plus beau que le nôtre son bien ;

Il sait aussi que son nom sonne
Plus haut que notre nom dans les échos là-bas ;
    Mais il sait mieux encor combien je l'aime
Et que mon ferme espoir tout au fond de moi-même
Est d'autant plus ardent que je n'en parle pas. »

JEAN

    Je ne m'inquiète guère
Si mon avoir surpasse ou balance le tien ;
    Je suis tenace et sûr comme la terre
    Et veux ce que je veux, comme il convient.
D'ailleurs, qu'importe et ce qu'on fait et ce qu'on pense
Et le propos qui griffe et le propos qui mord,
Puisque tous deux nous grefferons la confiance
Solidement, sur le tronc dur qu'est notre accord.

KATO

    Je te serai plus sûrement fidèle
        Que l'aile

Ne l'est au vol régulier de l'oiseau.
Quand nous serons heureux chez nous, dans notre clos,
Tu pourras t'en aller de paroisse en paroisse
Louer des bras nombreux pour le travail des prés
Sans regarder, derrière toi, avec angoisse,
Ta ferme où seule avec les gars je resterai :
Je n'ai qu'un cœur comme je n'ai qu'une parole.

JEAN

A te sentir si près de moi, avec ta chair
Et tes lèvres, Kato, ma tête devient folle
Et le soir s'insinue et se répand dans l'air.

KATO

Non, non, pas aujourd'hui : je me sens trop heureuse
Pour te donner ainsi, comme au hasard, mon corps.

JEAN

Les fourrés sont discrets et l'ombre est désireuse
D'être bonne pour nous en ce jour qui s'endort ;

Ma sœur était conçue avant la nuit ardente
Où mon père et ma mère entrèrent dans leur lit.

KATO

Qu'importe !

JEAN

Et dès longtemps les herbes fécondantes
Avaient servi de couche à leurs amours fortuits.
Je sais ce que je sais et ne crains aucun blâme.

KATO

On me battrait chez moi si jamais on savait !

JEAN

Puisque vraiment, dès aujourd'hui, tu es ma femme,
Personne au monde, eût-il vingt bras, ne l'oserait.

KATO

Il fait trop noir et je vois aux fenêtres
Les lampes s'allumer comme des yeux, là-bas.

JEAN

Entrons dans ce taillis sous les branches des hêtres
Et les regards des feux ne nous atteindront pas.
Vois-tu, j'ai si souvent songé avec envie
A cette heure affolée où j'entrerais en toi
Comme un vainqueur soudain avec toute ma vie,
Où mes yeux te verraient, après l'instant d'effroi,
Haleter de bonheur et crier de tendresse
Et mordre le feuillage en ne le sachant pas.

KATO

Tais-toi, tais-toi: je sens que la brise caresse
Trop doucement mon cou et mon front et mes bras
Et j'ai honte et j'hésite et je ris et j'ai crainte.
Pourtant, que ferais-tu si dès ce soir mon corps
Sortait heureux et fécondé de notre étreinte?

JEAN

Oh! comme tout serait simple et facile alors!
Disputes, poings tendus, refus, calculs et rages,

Rien ne résisterait au cri de notre enfant;
Ce serait lui qui fixerait le mariage
Avec son geste gauche et déjà triomphant.
Crois-moi : je connais bien et mon père et ma mère.

KATO

Ami, entrons ensemble au plus profond du bois.
Que je ne voie au loin ni maisons ni lumières
Et n'entende plus rien que ton souffle et ta voix.

LES MEULES

Comme des tentes pour les blés
Les grandes meules fraternelles
Se rassemblent l'hiver sur les champs isolés
Et l'autan noir rôde autour d'elles.

Les solides faucheurs du bourg
Les ont, sous la rude pesée
De leurs fermes genoux et de leurs coudes lourds,
Dûment, sur le sol dur, tassées.

3

Les graine sont tournés au dedans,
Mais au dehors pointent les pailles
Avec leur lame aiguë, avec leur bout mordant,
Comme des lances en bataille.

Chaque meule est dard et couteau
Contre ce qui tord, use ou casse,
Contre les dents du gel et les griffes de l'eau
Et les grands vents trouant l'espace.

Ainsi, pendant les mois de rage ou de torpeur,
Se recueille, sans défaillir, leur force close.
Le grain qui doucement au fond d'elles repose,
Y vit d'une vie ample et sourde comme un cœur.
Loin du bourg où retentissent les attelages
Et qui tille le chanvre et qui bat le métei!,
Avec leurs chaumes d'or sous un pâle soleil,
Elles forment là-bas, comme un autre village ;
Le silence circule autour d'elles, et lent,
S'en vient dormir le soir, auprès du blé qui rêve.

La lune monte et luit et le gel brusque enlève
Tous nuages au ciel torpide et somnolent ;
Et les meules alors, sous les astres sans nombre,
Semblent se redresser plus haut que les maisons
Et tout à coup atteindre et barrer l'horizon
Si loin sur les champs nus se prolongent leurs ombres.

Mais dès que cessent les temps froids
       Et qu'une écume de verdure
Mousse à la cime innombrable des bois,
       Toutes les meules à la fois
S'illuminent sur la plaine moins dure.
       L'aile du vent bat du Midi,
Tout chant d'oiseau semble un présage.
       L'alouette bondit et rebondit
En un vol saccadé vers les plus hauts nuages.
Les vieilles gens quittent leur seuil.
       Oh ! cette heure où les meules
          Lasses enfin d'être seules

Font bel accueil
A ceux que l'hiver grisâtre
A fiancés au coin de l'âtre
Et leur prêtent pour qu'ils s'aiment dans le mystère
L'ombre immense qu'elles étendent sur la terre.

Ils s'en viennent, chacun par un chemin à soi,
Longeant les clos jusqu'à la plaine,
Et leurs pas sont pressés dès qu'ils quittent leur toit
Et courte et brusque est leur haleine.

Ils sont déjà l'un à l'autre, bien que leurs pas
Soient encor loin des grandes meules;
Ils se tendent leurs cœurs; ils se tendraient leurs bras
S'ils étaient seuls sur les éteules.

Et quand ils se sont joints, ils s'étreignent si fort
Qu'on dirait deux gerbes de paille
Qu'un large poing serre entre elles, et noue et tord
Autour des cornes des aumailles.

Le baiser ferme et cru court soudain sur leur peau,
　　Leurs corps l'un de l'autre s'enivrent,
Leur désir retenu, ainsi qu'un chien sous l'eau,
　　Mord et s'affole, et se délivre.

Mais jusqu'au moindre râle et jusqu'au moindre cri
　　De leurs deux spasmes réunis
Tout s'étouffe dans l'ombre et le vent qui circule
　　De meule en meule, au crépuscule.

Et maintenant que s'en viennent des bourgs lointains
Ceux qui transporteront les graines et les pailles
Vers la grange de chaume où les fléaux travaillent,
Les meules ont vécu leur gloire et leur destin.
Elles croulent l'une après l'autre au soir penchant
Dans le vide tragique et ténébreux des champs.
Le sol redevient vert où se tassait leur masse.
Et seuls les amants clairs qui forgent l'avenir
Gardent encor dans leur cœur fou le souvenir
Des meules projetant leur ombre dans l'espace.

DIALOGUE RUSTIQUE

ANTOINE

Pour apprendre à noircir quelque papier frivole
Nos fils envoient au loin, vers les mornes écoles,
Leurs fillettes et leurs gamins,
Et c'est à nous, les vieux, qu'on impose la tâche
De mener paître au long des sinueux chemins
Les vaches
Et de refaire, après combien de temps,
Les besognes qu'on fit quand on était enfant.

GUILLAUME

Je m'en souviens encor : j'avais huit ans à peine
Que je poussais déjà, de plaine en plaine,
A fouet souple et claquant, le bétail noir et roux,
Que je laissais griller quelques faînes de hêtre
Sous la cendre d'un feu champêtre,
Et qu'on était content de mon travail chez nous.

ANTOINE

L'esprit des champs a bien changé
Et nul ne voit le séduisant danger
Qui nous attire et nous menace.
On ne fait plus chez nous des gens de notre race,
Au front compact comme le poing ;
Tout se desserre et se disjoint
Et le meilleur s'en va et rien ne le ramène:
On dirait d'un tamis où passeraient les graines.

GUILLAUME

Depuis qu'il fut soldat
Mon fils est revenu des pays de là-bas,
La tête pleine
D'un tas de mots nouveaux que je ne comprends pas,
On croirait bien qu'il perd l'haleine
Quand il les dit,   -
Si longs et si nombreux sont-ils !
Et son aîné qui tient ma ferme
Commence peu à peu à penser comme lui.
Son cœur est pris, l'erreur y germe ;
J'étais jadis son guide et parfois son appui.
Mais aujourd'hui,
Si je lui parle et s'il m'écoute,
Ce n'est que pour se taire et suivre une autre route
Que celle où j'ai marché !
Ainsi dernièrement a-t-il vendu son seigle
Et tout son blé fauché,
Non plus au boulanger, comme il était de règle

Depuis le temps de mon aïeul,
Mais à quelque marchand de la ville prochaine
Qui n'a qu'un prix, un seul,
Pour tout ce qu'il achète et ce qu'il vend de graines.

ANTOINE

Comment ne point se plaindre ou ne se fâcher pas
Depuis que l'on a peur de se lasser les bras
Et de s'user les poings et de ployer l'échine
Et que l'on fait venir quelque grêle machine
Qu'active un feu mauvais et qui bat le froment,
Et le seigle, et l'avoine, et l'orge, aveuglément ?
Ce n'est plus le travail, mais c'en est la risée,
Et Dieu sait bien pourquoi la grange et la moisson
Flambent parfois et font crier tout l'horizon
Dès que s'envole au loin quelque cendre embrasée.

GUILLAUME

Tous ces malheurs, ami, nous viennent de la ville
Monstrueuse et vorace, arrogante et servile,

Qui se ramasse au loin et puis bondit vers nous
A travers la campagne et le vent clair et doux.
Il ne faudrait nommer qu'en nous signant ces choses
Qui depuis cinquante ans furent les mornes causes
De l'orgueil des cités et du grand deuil des champs.
O les anciens chemins, sinueux et penchants
Autour des vieux enclos et des eaux solitaires !
Voici qu'on coupe en deux les prés héréditaires,
Qu'une gare stridente et de cris et de bruits
Réveille les hameaux au milieu de la nuit ;
Qu'une route de fer, de feu et de scories
Traverse les vergers bornant les métairies
Et qu'il n'est plus un coin au fond des bois, là-bas,
Où le sifflet d'un train soudain ne s'entend pas.

ANTOINE

Le soir, quand je me rends au bout de l'avenue,
Ce que je vois jetant là-haut, jusques aux nues,
Ses lueurs, c'est la ville illuminée au loin.
Et je rentre chez moi en lui montrant le poing,

Heureux de lui crier ses torts dans les ténèbres.
Elle apparaît alors si méchamment funèbre
Et si mauvaise et si fausse que je voudrais
Qu'elle brûlât d'un coup comme un pan de forêt.
Je la voue au viol sanglant des flammes rouges,
Je la maudis dans ses palais et dans ses bouges.
Ah ! si ma haine avait, pour me servir, cent bras !
Mais mon corps est piteux et mes membres sont las
Et rien n'est pauvre et vain comme un flot de paroles.

GUILLAUME

C'est la sagesse et la raison qui nous isolent.
Mais que croule le ciel, je n'avouerai jamais
Qu'il est mal de penser ainsi que je pensais,
Me souvenant des miens qui pensaient bien naguère.
Quand nous serons partis, que deviendra la terre ?

ANTOINE

On dira de nous deux : « Ils furent paysans,
Tenacement, et dans leurs os et dans leur sang,
Et leur âme ne s'est de leur corps retirée
Qu'à l'heure où la folie eut perdu leur contrée. »

DIALOGUE RUSTIQUE

PIERRE

A saint Corneille, ami des bêtes
Qui broutent sur la digue et dans les flots changeants
Reflètent
Leur mufle humide et bleu dont les poils sont d'argent,
J'offre une couple
De pigeons souples.

JEAN

Et moi je donnerai à saint Amand, patron
Des longs et lents troupeaux qui, dès l'aube, s'en vont
Tondre l'herbe brillante où mille insectes bougent,
    Deux coqs luisants et rouges.

PIERRE

    Et l'on vendra coqs et pigeons
    Dans un panier tressé de joncs,
    Un jour de bombance et de liesse
    Devant l'église, après les messes.

JEAN

    Mes coqs sont beaux comme des fleurs
    Où le soleil met des lueurs :
    Un glaïeul d'or se courbe en crête
    Et se hérisse sur leur tête.

PIERRE

Mes deux pigeons me font songer
A deux sabots de bois léger
Qu'on aurait peints de couleurs claires,
Et qui trottent au long du jour
Dans la cuisine et dans la cour
Et sur le seuil plein de lumière.

JEAN

Mes coqs sont nés dans mon fournil,
Au creux du mur, sous la grande arche :
Ils étaient vifs, mais si petits
Qu'on aurait dit des œufs qui marchent.
Ils grandirent dans le soleil
D'un avril clair à juin pareil;
Bientôt, sur leur patte menue,
Ils étiraient leur aile nue.
Leur coup de bec précis et dur
Happait l'insecte au coin du mur,

4

Et dès qu'ils en eurent la taille,
Un beau matin, dans un fossé,
Face à face, le col dressé,
Ils livrèrent, entre eux, bataille.

PIERRE

Mes pigeons, doux et familiers,
Furent nourris au colombier
Avec du vrai maïs d'Espagne.
Si je sème, dans la campagne,
Toujours je reconnais leur vol
Rien qu'à son ombre, au ras du sol ;
Dès que l'autan quitte les terres
Ils repeuplent mon toit moussu
D'amours roucoulants et pansus,
Et dans le creux de ma gouttière,
Joignant leurs becs courts, mais vermeils,
Ils s'accouplent dans le soleil.

JEAN

J'ai séparé mes coqs par des cloisons de lattes,
  Avant le jour qu'au bout des pattes
Leur eût poussé le courbe et féroce éperon.
Leur voix n'était encor qu'étoffe déchirée
Qu'ils s'entêtaient déjà à sonner du clairon
  Devant l'aube effarée.
Ils paraissaient si fiers de faire un peu de bruit.
Leur orgueil exigeait la lutte et le conflit
Et les poules qui les fuyaient, prises de crainte,
Se résignaient quand même à subir leur ardeur,
Chaque fois que leur bec violent et vainqueur
Les ployait sous sa brusque et sauvage contrainte.

PIERRE

Avec mes deux pigeons dont le volant essor
Se jouait dans le vent et frôlait les nuages
  J'ai bien des fois tenté le sort.
Ils partaient quelque jour pour de lointains voyages

Portés de train en train, jusqu'à la mer, là-bas.
Leur retour au pays était lutte et combat.
          D'une aile ardente et enivrée,
Ensemble ils traversaient de terribles contrées
Où l'aigle immense et brusque autour des monts planait.
Au cœur même du ciel le péril foisonnait,
          Mais la vitesse de leur course
S'exaltait au point qu'elle chassait le danger.
Souvent un même prix leur était partagé.
          Oh ! le bel or clair et léger
Qui dans ces mois heureux illuminait ma bourse !

                    JEAN

Ils n'ont jamais quitté ni mon pré, ni ma cour,
Mes coqs aigus et fiers, mes coqs pattus et lourds
Dont le destin est d'être rois et d'être maîtres.
Ils savent ce qu'il faut ou défendre ou permettre,
Pour que règne la paix en son cours régulier.
Que deux poules se disputent au poulailler,

Sitôt, l'un d'eux se campe et se maintient entre elles,
Et sa seule présence apaise les querelles.
Hélas! pourquoi faut-il que, depuis quelques mois,
Mes coqs perdent l'orgueil qui sonnait dans leur voix,
Et que leur ardeur tombe ainsi que leur jeunesse.

PIERRE

J'observe mes pigeons et les soigne sans cesse.
Or, je devine aussi, à des signes nombreux,
Que leur vaillance est morte et qu'ils deviennent vieux.
Finis les beaux départs et les stridents voyages
A travers l'or du ciel et l'argent des nuages,
Dans le vent merveilleux qui bondit de la mer !
Sur mon pignon, de mousse et de lichen couvert,
Ils ramassent leur corps en boule frissonnante.
Leur bec, pour se distraire, agace une humble plante
Dont la graine a poussé sur le bord de mon toit.
Un beau matin, s'envoleront, en tapinois,

Les pigeonnes qui sont encor leurs deux compagnes,
Pour rechercher, au loin, par les vastes campagnes,
Sous des chaumes plus drus, de plus chaudes amours.

JEAN

Si l'ardeur de mes coqs n'était point en décours,
      J'hésiterais peut-être
A présenter au Saint mon offrande champêtre ;
Que leur crête pâlisse et durcisse, tant mieux :
Car je ne voudrais pas qu'aux enchères banales,
Quand une poule est mise en vente à côté d'eux,
Leur amour réveillé fît tout à coup scandale.

PIERRE

Comme je ne voudrais que mes pigeons trop prompts
Prissent soudain leur vol, de la main qui les tâte :
Un bon marché se fait sans surprise et sans hâte,
Et sans qu'il en résulte un motif à jurons.

JEAN

Ainsi chacun tire avantage,
Et du don qu'il apporté et du don qu'il reçoit.
Nous honorons le ciel en faisant bon emploi
De ce qui est marqué par l'usure et par l'âge ;
Et nos gestes pieux ne sont point maladroits.

L'ORAGE

Parmi les pommes d'or que frôle un vent léger
Tu m'apparais là-haut, glissant de branche en branche ;.
Lorsque soudain l'orage accourt en avalanche
Et lacère le front ramu du vieux verger.

Tu fuis craintive et preste et descends de l'échelle
Et t'abrites sous l'appentis dont le mur clair
Devient livide et blanc aux lueurs de l'éclair
Et dont sonne le toit sous la pluie et la grêle.

Mais voici tout le ciel redevenu vermeil.
Alors, dans l'herbe en fleur qui de nouveau t'accueille,
Tu t'avances et tends, pour qu'il rie au soleil,
Le fruit mouillé que tu cueillis, parmi les feuilles.

LES OMBRES

Trouant de tes rayons sans nombre
Le feuillage léger,
Soleil,
Tu promènes, comme un berger,
Le tranquille troupeau des ombres
Dans les jardins et les vergers.

Dès le matin, par bandes,
Sitôt que le ciel est vermeil,
Elles s'étendent.

Des enclos recueillis et des humbles maisons
     Leur masse lente et mobile
        Orne les toits de tuiles
          Et les pignons ;
   Les angelus des petites chapelles
       D'une voix grêle les rappellent;
         Midi les serre en rond
          Autour des troncs.
En petits tas, elles prolongent leur sieste
     Jusqu'au moment où s'animent les champs :
   L'heure sonnant alors joyeuse et preste
       Les disperse sur le penchant
      Des talus verts et des collines.
Déjà les brouillards fins tissent leurs mousselines
         Fines,
     Que les ombres se ravivent encor
     Et s'allongent et s'étalent dans le décor
Et le faste sanglant des fleurs et des fruits rouges,
Pour ne rentrer qu'au soir ou plus ni vent ni bruit
        Ne bougent,
    Toutes ensemble, au bercail de la nuit.

DIALOGUE RUSTIQUE

MARIANNE

Je fus à toi depuis que je te vis là-haut
A coups égaux
Couper des branches près du ciel;
Quand ceux d'en bas faisaient appel
A ta prudence,
Tu t'élançais plus haut encor
Et ta hache frappait plus fort
Et répandait comme en cadence
La mort.

Le vent te balançait par-dessus les dangers
Et je craignais pour toi, pourtant j'aimais l'audace
De tes gestes puissants dans le vent et l'espace!
Et quand, le soir, tu descendais prompt et léger,
Tu te cueillais au pied des troncs, parmi les souches,
                    Une fleur d'or
                Pour en orner ta bouche.

                    PIERRE

        J'étais bien jeune alors.

                    MARIANNE

        Tu l'es toujours quand tu veux l'être.

                    PIERRE

    Non pas; mais jeune ou vieux je veux rester ton maître.
                Depuis bientôt dix ans
    Que nous vivons, en vrais époux, de notre champ,

Nulle minute
Ne fut encor vouée aux cris et aux disputes
Qu'on prodigue dans les hameaux.
Certes, je ne m'en vante guère,
Et chacun porte ou cache un vieux lot de misères
Dans ses poches ou sur son dos.

MARIANNE

Je fais ce que je puis et même le dimanche
Je soigne jusqu'au soir ma chèvre et mon bétail ;
C'est à peine si l'on m'assiste en mon travail :
La litière est curée et les croupes sont blanches
Et chaque bête est abondante en lait.

PIERRE

Que tu fasses ce que tu fais
Plus strictement qu'une autre femme,
Je en volontiers, je le proclame ;

Pourtant, si notre jeune et complaisant voisin
Te donnait moins souvent son brusque coup de main,
Je serais plus encor content de notre étable.

MARIANNE

Ton cœur serait-il donc à tel point irritable
Qu'il prît ombrage et peur de l'aide d'un enfant ?

PIERRE

Si j'en parle, c'est pour en rire
Et voir comme aussitôt ton amour se défend.

MARIANNE

On croit si aisément ce qu'on n'ose pas dire.

PIERRE

Je veux que notre bien soit le bien de nous seuls ;
Que seul notre travail lui soit richesse et force :
Ainsi pensaient, dûment, mon père et ton aïeul
En leur âme têtue, ombrageuse et retorse.

MARIANNE

Un simple enfant, dont l'aide est un secours léger !...

PIERRE

N'importe ! Il est pour moi l'intrus et l'étranger.
Et puis, ne sais-tu pas que mon oreille est fine,
   Que ce qu'on n'entend pas
   Elle le sait et le devine :
Mes pas ont beau marcher par les plaines, là-bas,
J'écoute ici, en ma maison, un autre pas
Aller avec le tien du fournil à l'étable.
Quelqu'un s'assied chez moi, sur ma chaise, à ma table ;
Met du bois dans mon feu ; pend sa veste à mon clou ;
Sa place est chaude encore au moment où j'arrive
Et quand je me rassieds, lui peut-être s'esquive
Derrière mon verger, par le chemin des houx.

MARIANNE

Jaloux !

5

PIERRE

Si je l'étais, je viendrais te surprendre
Sous le hangar, où mon frère, secrètement,
T'a vue, uu soir d'automne, embrasser ton amant.

MARIANNE

Tels yeux croient voir la flamme où ne dort que la cendre
Et des enlacements où n'existent que jeux.

PIERRE

Alors pourquoi, dans la grange, juste au milieu
La paille plate est-elle au ras du sol jetée?

MARIANNE

Ami, c'est que la chatte y mit bas sa portée.

PIERRE

Alors pourquoi voit-on, dans le chemin d'en bas,
L'empreinte de tes pas, si proche d'autres pas,
Que vos deux corps ont dû s'y toucher et s'étreindre?

MARIANNE

C'est que mes pieds et mes genoux avaient à craindre
Les morsures d'un chien dont l'aboi me frôlait.

PIERRE

Alors pourquoi, quand je m'en fus vers la forêt,
Ai-je trouvé, comme au hasard, près des fontaines,
Dans le gazon meurtri cette boucle châtaine
Qui certe appartenait à tes cheveux défaits?

MARIANNE

C'est que je peigne au bord de l'eau ma chevelure
Depuis que mon miroir en tes mains s'est brisé.

PIERRE

O femme dont l'astuce est plus fine et plus dure
Que les éclats pointus d'un caillou fracassé!

MARIANNE

Je te dis vrai, tu peux me croire ;
Et si tu veux fouiller et la huche et l'armoire
Tu n'y trouveras rien
Qui ne soit tien ou ne soit mien.
Et puis voici mes yeux : regarde;
Craignent-ils plus tes faux soupçons
Que le seuil de notre maison
Craint l'ombre qui s'y attarde?
Nous nous entendons bien; pourquoi troubler l'accord
Qui malgré toi demeurera tenace et fort
Lorsque tu comprendras quelle fut ta folie?

PIERRE

Comme tu sais adroitement sucrer la lie

Du vin que je dois boire et bois à tes côtés.
Pourtant, si, par hasard ou par male aventure,
J'allais au bois et abattais, un soir d'été,
Celui qui, grâce à toi, me fut rage et torture?

MARIANNE

J'en pleurerais.

PIERRE

Et si j'oublie, et si l'ardeur et si la fièvre
Et si ma lâcheté redemandaient tes lèvres?

MARIANNE

Je chanterais;
Vois-tu, tu n'as jamais cessé, un instant, d'être
L'homme que mes deux yeux ont vu, là-haut,
A coups égaux

Ebrancher près du ciel les chênes et les hêtres,
Celui que menaçaient le vent et le danger
      Mais qui, toujours prompt et léger,
Descendait sur le sol cueillir parmi les souches,
     Pour en orner sa bouche,
       Une fleur d'or.

LA FERMIÈRE

Dans son enclos ceint de grands murs
Où pousse au long des prés l'armoise ou la jonquille
Elle accepte son sort parmi les hommes durs,
  La fermière à l'âme tranquille.

Lésine, orgueil, ruse, fureur,
Haine sournoise, ardeur brusque, rage funeste,
N'ont eu raison de sa constante bonne humeur
  Ni du beau calme de son geste.

D'un seul mot clair et familier
Elle apaise l'envie et l'âpre violence ;
S'il faut dompter ceux-là qui ne veulent plier,
        Rien n'est plus fort que son silence.

Elle peine de l'aube au soir,
Distribuant à tous ses paroles égales,
Et l'humble ouvrier trouve une place où s'asseoir
        Autour de sa table frugale.

Ses cheveux, aux bandeaux vermeils,
Dorent son cou puissant, au jour de la croisée,
L'ombre est vaste qui suit aux champs, dans le soleil,
        Sa grande marche balancée.

Ses pas sont lourds, mais confiants
Comme s'ils s'appuyaient sur le cœur de la terre.
Tout l'aime : le vent sain et l'air vivifiant,
        Et le sol âpre et volontaire.

Elle a le vieux respect du grain
Et le tasse en sa chambre et sur son dos le charge ;
Avant que le couteau ne divise le pain,
　Sa main y trace une croix large.

　Ceux qui parlent des gens d'ici,
Entre eux, le soir, fumant leur pipe à la chandelle,
Avec des yeux sournois et des mots sans merci,
　Changent de ton en parlant d'elle.

　On l'aime et pourtant on la craint ;
Mais cette crainte même exalte et réconforte :
Car, bonne hôtesse, elle ouvre à ceux qui vont en vain
　Frapper au seuil des autres portes.

　Si bien qu'un vagabond dément
Qui voit, dit-on, à travers l'ombre et le mystère,
Lui prédit un pieux et long enterrement
　Quand elle ira dormir en terre.

DIALOGUE RUSTIQUE

BENOIT

Je le sais bien, je le sais bien
Qu'ils sont maigres comme des clous,
Mes vieux genoux,
Quand je les tâte avec mes longues mains
En m'asseyant auprès de vous
Sur le pas de ma porte,
A la nuitée;
Je le sais bien, je le sais bien

Que je suis lent, que je suis las,
Et que me sont comptées
Les pipes de tabac
Que je fume avec vous
A petits coups
A la nuitée;
Je sais, je sais, mais que m'importe ;
Nul n'aura jamais aimé
Et la plaine d'octobre et la plaine de mai
Autant que moi je les aimai
Du seuil noir de ma porte.

AUGUSTIN

Depuis cinq ans, nous le savons,
Se sont couchés au cimetière,
Près de leur mère,
Vos deux garçons.
Leurs trois tombes sont là, hautes et régulières,
Sous un même gazon.

BENOIT

Pour bien aimer la terre, il ne faut aimer qu'elle.
Lorsque ma femme et mes deux gars vivaient chez **nous,**
Nous nous livrions aux disputes continuelles,
    — Le saviez-vous, le saviez-vous? —
      Sur les engrais et les semailles
Et le sort des agneaux et le choix des aumailles.
A cette heure mon champ ne connaît que mon **bras.**
      Nul pas,
    Sinon le mien, ne le traverse,
Pour guider la charrue ou promener la **herse.**
    Maître je suis et le veux rester, seul.
La moisson m'obéit et j'obéis aux règles.
Il n'est pas un épi de froment ou de seigle,
    .Pas un aulne, pas un tilleul,
Qui ne doive à moi seul et sa vie et sa force.
Et mon cœur qui surveille et m'écoute en mon **torse**
    Me dit toujours que je fais bien.

JACOB

C'est un bonheur de posséder ainsi son bien.

BENOIT

D'une poussée et d'une haleine,
Il m'arrive au printemps d'aller au fond des plaines,
Jusqu'à mon champ des Trois Chemins.
Tout y est calme et je n'entends que l'alouette.
Alors, sans la choisir, je prends entre mes mains,
Qui prudemment l'émiettent,
Une motte de terre où l'orge doit lever.
Et quand je vois le grain qui me semble couvé,
Dans ce morceau de sol humide,
Et par toute la pluie et par tout le soleil
Fendre d'un filet vert son ovale vermeil,
Je me sens si ému que j'en deviens timide.
Que c'est beau, sous le ciel, un menu grain de blé !

SIMON

Peut-être aucun de nous n'a-t-il cette ardeur vive
Pour le coin de jardin ou de champ qu'il cultive,
Mais nous n'oserions pas en son repos troubler
Le sol profond où tant' d'espoirs sont rassemblés.
La terre, en son travail, veut l'ombre et le silence.

BENOIT

Je l'aime trop pour ne l'aimer qu'avec prudence.
       Pourtant, réfléchissez ;
      Si mon amour est insensé,
Pourquoi depuis dix ans mon lin et mon épeautre
Sont-ils plus drus et plus compacts que ceux des autres?
Pourquoi mon regain vert s'érige-t-il plus haut,
Que votre foin debout quand l'entament les faux ?
Pourquoi ai-je pu, seul, décider la luzerne
A recouvrir un coin de nos bruyères ternes?
Enfin, pourquoi aux tristes jours, quand le pays
Dans ses plus beaux vergers n'arborait aucun fruit,

Ai-je pu, moi, moi seul, en septembre. un dimanche,
Vous offrir trois brugnons sur une assiette blanche?
Le savez-vous, le savez-vous?

AUGUSTIN

Que vous soyez rusé comme une eau qui fait route
Sur un lit inégal de cailloux en cailloux,
Aucun de nous n'en doute.

BENOIT

Je combine si bien les menus soins
Qu'il faut donner, suivant le sol, à chaque coin,
Que quelques-uns m'ont dit que je vois sous la terre.
Comme on souffle sur une fleur
Pour permettre aux regards d'aller jusqu'à son cœur,
Je pénètre dans le mystère
En tâchant d'être adroit;
Et je devine encor bien plus que je ne vois.

SIMON

Vous avez vos secrets, et nous avons les nôtres.

BENOÎT

Je n'ai qu'un seul secret et n'en eus jamais d'autre :
              J'aime mon champ vivant et clair
              Plus que mes os, plus que ma chair.
En mai, lorsque le grain perce le sol plus ferme,
C'est à travers mon corps qu'il me semble qu'il germe ;
Je vais, jour après jour, contempler mes épis ;
J'entends pousser leur tige au soleil de midi ;
L'odeur s'épand de mes luzernes remuées ;
Le ciel intact se courbe et luit sous les nuées ;
Un flux de sang plus fort parcourt mon être entier ;
Mon pas fait retentir le sonore sentier,
Si je ne danse pas, c'est de peur qu'on ne dise
    Qu'une brusque folie emplit ma tête grise.

6

JACOB

Ah ! si chacun de nous prenait à votre ardeur
Ce qu'il lui faut de zèle et de vaillance au cœur
Pour que la plaine, ainsi qu'au temps passé, fût celle
Qui remplissait la grange et comblait l'escarcelle.

AUGUSTIN

Tout n'en irait que mieux.

BENOIT

Dites-vous bien que c'est moi seul, le vieux
        Qui sais encor ce qu'il faut faire
        Pour que demeure autoritaire,
            La terre.
Et si ce soir d'été je m'adresse à vous tous
Et parle et parle ainsi, sans contrainte ni feinte,
C'est que l'heure qui sonne est comme un glas qui tinte,
        C'est que vous êtes lents et mous,
        C'est que vos voix ne sont que plaintes,

C'est que je vois enfin
Votre bouche souffler en vain
Pour ranimer entre vos mains
Vos pauvres pipes presque éteintes

LE CHANT DE L'EAU

L'entendez-vous, l'entendez-vous
Le menu flot sur les cailloux?
Il passe et court et glisse,
Et doucement dédie aux branches,
Qui sur son cours se penchent,
Sa chanson lisse.

Là-bas,
Le petit bois de cornouillers

Où l'on disait que Mélusine
Jadis, sur un tapis de perles fines
Au clair de lune, en blancs souliers,
Dansa ;
Le petit bois de cornouillers
Et tous ses hôtes familiers,
Et les putois et les fouines,
Et les souris et les mulots,
Ecoutent
Loin des sentes et loin des routes
Le bruit de l'eau.

Aubes voilées,
Vous étendez en vain,
Dans les vallées,
Vos tissus blêmes,
La rivière,
Sous vos duvets épais, dès le prime matin,
Coule de pierre en pierre
Et murmure quand même.

Si quelquefois, pendant l'été,
Elle tarit sa volupté
D'être sonore et frémissante et fraîche,
C'est que le dur juillet
La hait
Et l'accable et l'assèche.
Mais néanmoins, oui, même alors
En ses anses, sous les broussailles
Elle tressaille
Et se ranime encor,
Quand la belle gardeuse d'oies
Lui livre ingénûment la joie
Brusque et rouge de tout son corps.

Oh ! les belles épousailles
De l'eau lucide et de la chair,
Dans le vent et dans l'air,
Sur un lit transparent de mousse et de rocailles ;
Et les baisers multipliés du flot
Sur la nuque et le dos,

Et les courbes et les anneaux
De l'onduleuse chevelure
Ornant les deux seins triomphaux
D'une ample et flexible parure ;
Et les vagues violettes ou roses
Qui se brisent ou tout à coup se juxtaposent
Autour des flancs, autour des reins ;
Et tout là-haut le ciel divin
Qui rit à la santé lumineuse des choses.

La belle fille aux cheveux roux
Pose un pied clair sur les cailloux.
Elle allonge le bras et la hanche, et s'incline
Pour recueillir au bord,
Parmi les lotiers d'or,
La menthe fine ;
Ou bien encor
S'amuse à soulever les pierres
Et provoque la fuite
Droite et subite

Des truites
Au fil luisant de la rivière.

Avec des fleurs de pourpre aux deux coins de sa bouche,
Elle s'étend ensuite et rit et se recouche,
Les pieds dans l'eau, mais le torse au soleil ;
Et les oiseaux vifs et vermeils
Volent et volent,
Et l'ombre de leurs ailes
Passe sur elle.

Ainsi fait-elle encor
A l'entour de son corps
Même aux mois chauds,
Chanter les flots.
Et ce n'est qu'en septembre
Que sous les branches d'or et d'ambre,
Sa nudité
Ne mire plus dans l'eau sa mobile clarté.

Mais c'est qu'alors sont revenues
Vers notre ciel les lourdes nues
Avec l'averse entre leurs plis
Et que déjà la brume
Du fond des prés et des taillis
S'exhume.

Pluie aux gouttes rondes et claires,
Bulles de joie et de lumière,
Le sinueux ruisseau gaîment vous fait accueil,
Car tout l'automne en deuil
Le jonche en vain de mousse et de feuilles tombées.
Son flot rechante au long des berges recourbées,
Parmi les prés, parmi les bois ;
Chaque caillou que le courant remue
Fait entendre sa voix menue
Comme autrefois ;
Et peut-être que Mélusine,
Quand la lune, à minuit, répand comme à foison
Sur les gazons
Ses perles fines

S'éveille et lentement décroise ses pieds d'or,
Et, suivant que le flot anime sa cadence,
Danse encor
Et danse.

LA BELLE FILLE

Au cœur de la moisson dont s'érigent les ors
Quand la clarté se boit, se mange et se respire,
Je suis tes pas aux champs, et longuement j'admire
Le faisceau de santé que dresse et meut ton corps.

Le dur et franc travail fait ton effort superbe,
Les gars à coups de faux abattent le froment ;
Mais ce sont tes deux bras à toi, qui fortement
Nouent les épis d'un tour de poing et font la gerbe.

Tu adores l'élan, la peine et la sueur,
Le geste utile et clair dans la belle lumière,
Et tes yeux sont vaillants à travers la poussière
Que soulève la hâte autour de ton labeur.

Un sang rouge et puissant circule en tes artères
Et colore tes seins superbement debout,
Et ta bouche est charnue et tes cheveux sont roux,
Et ton corps est heureux de marcher sur la terre.

Jusqu'aux heures du soir où les faucheurs s'en vont,
Tu t'attardes dûment à la tâche vitale,
Et l'entêtement doux de la Flandre natale
Par-dessus tes regards luisants bloque ton front.

Aussi, dans les polders de Tamise et de Hamme,
Ceux dont l'amour soudain rend les cœurs haletants
Songent à la vigueur belle de tes vingt ans
Quand ils rêvent, le soir, quelle sera leur femme.

Ta ferme claire, un jour, avec son pignon droit
Luira dans l'or des grands blés mûrs, épanouie ;
Ta volonté sera largement obéie
Et l'ordre et l'abondance habiteront ton toit.

Et la vie éclora de ton ventre robuste,
Nombreuse et violente ainsi qu'aux temps anciens,
Et tes enfants seront l'orgueil et les soutiens
De ta vieillesse lente et de ta mort auguste.

DIALOGUE RUSTIQUE

LE JARDINIER

Avant de t'arrêter chez nous, en nos vergers,
Où donc as-tu porté tes pas lointains, berger ?

LE BERGER

Par les chemins griffus de ronces et d'épines
    Aux pays violets de la maigre Campine
J'ai passé de longs mois et gardé les troupeaux ;
Ou bien encore, là-bas, en Flandre, au bord des flots

7

D'où je voyais les barques
Allant, venant où la pêche les parque
Avec leurs grands mâts clairs
Et leur voilure et leurs cordages
Comme de mobiles villages
Peupler la mer.
Ce sont des sablons durs et des régions rêches
Que ces pays couverts de grands vents ou d'embruns.

LE JARDINIER

La plaine avec ses jardins verts aux ombres fraîches
A nourri mon enfance et mes jours un à un.
Aujourd'hui je suis vieux ; mais l'art dont je dispose
S'exerce encore à étager au long des murs,
D'après un jeu savant, d'après un métier sûr,
La parure épineuse et flexible des roses.
Je bêche encor ; et ferme et dur est mon jarret.
Mon front chenu détient encor plus d'un secret,
Je ris tranquillement de celui qui jardine
Selon quelque beau livre important et profond :

Étant d'ici, je sens le sol jusqu'au tréfond
Comme si mes deux pieds s'y perdaient en racines.

LE BERGER

Vous l'estimez donc bien, votre simple métier ?

LE JARDINIER

Autant que l'adorait mon père.
Il fut aussi, dans son beau temps, bon jardinier.
Vois-tu, on ne fait bien que ce qu'on a vu faire
Depuis l'enfance, à son foyer.

LE BERGER

Mon père, à moi,
Etait méchant et bon, tout à la fois.
Le soir, il s'en allait errer au fond des plaines
Et ne rentrait que las, fourbu et hors d'haleine,
Pour se coucher à l'aube et rêver en son lit.

Sur quel pivot tournait sa vie oscillatoire
Nul ne le sut jamais ; et la mort et l'oubli
Ont effacé son nom des fragiles mémoires ;
     Moi seul encor je pense à lui.

LE JARDINIER

Comme l'on sent déjà les lumières d'octobre
Ne plus baigner les fleurs que de rayons trop sobres
Et vainement dorer sur les pignons voisins,
Même à midi, le cœur acide des raisins !
Bientôt, j'alignerai sous les longs toits de verre,
Très à l'abri des froids soudains et meurtriers,
Le feuillage noir et touffu de mes lauriers
Et je m'enfermerai avec eux dans la serre.
Alors des soins nombreux, précis et délicats
Occuperont mes jours auprès des plantes rares,
Si bien qu'on me prendra souvent pour un avare
Qui caresse les ors cachés de ses ducats.
Mes doigts durcis et gros, mes larges mains hâlées
Prépareront la noce en blanc des azalées

A l'heure où mord le givre et travaillent les vents ;
Et l'humble cyclamen et le haut lis fervent
Et les géraniums et les fuchsias tristes
Dévoileront aux yeux quels sont mes goûts d'artiste.

LE BERGER

Nos pieds ne marchent pas dans le même sentier,
Mais vous aimez trop bien les choses que vous faites
Pour qu'un blâme, fût-il léger, naisse en ma tête.
Moi, je vis d'étendue et de marches au loin.
J'aime l'immensité et la beauté des plaines
Où le vent souffle et court et vole à perdre haleine,
N'ayant qu'un vieux berger rôdeur comme témoin.
    Pourtant la plaine la plus belle
        M'est toujours celle
            Que font
        Les dos mouvants de mes moutons,
Quand ils vaguent, de l'aube au soir, en peloton,
            Sur les éteules
Et que l'ombre géante et tranquille des meules

Au coucher du soleil s'étend sur leurs toisons.
Certes, j'ai quelquefois rêvé, à l'étourdie,
D'une existence au loin, en des pays, là-haut,
Mais je suis revenu toujours vers mon troupeau,
Aimant, pour l'en guérir, jusqu'à ses maladies.
Je peux soigner et les brebis et les béliers
Et leur langue et leurs yeux, et leur corne et leurs pattes.
Je sais plus d'un remède étrange à employer
Et fais un baume avec des plantes écarlates
Que je cueille, tout seul, sous la lune, à minuit.

LE JARDINIER

On te nomme sorcier, là-bas, dans le village.

LE BERGER

Je sais ce qui apaise et sais ce qui soulage,
Mais je n'ignore pas ce qui tue et détruit.

LE JARDINIER

Serait-ce vrai ce qu'on a dit dans les veillées ?

LE BERGER

Plus d'un regard habite au fond de mes deux yeux,
Et ma vue est subtile et perce les feuillées ;
Tout mon crédit me vient de l'astre aux rayons bleus.

LE JARDINIER

Si nous n'étions amis, peut-être aurais-je crainte.

LE BERGER

Je ne suis ni le mal, ni la peur, ni l'effroi,
Pour tout homme qui croit à mon pouvoir, sans feinte ;
Je me sens fort, surtout, quand la nuit des beaux mois,
Je circule entouré de présages insignes,
Et que tout feu tournant au ciel me semble un signe
Que l'avenir me fait, et qu'il ne fait qu'à moi.
Mon cœur s'enfièvre et bat, mon âme est dans l'attente
Et c'est alors que les herbes et que les plantes

Aux lisières des bois me disent leur vertu,
Et que près d'un tilleul ou d'un charme tortu
Je fais vers les hameaux les gestes qui conviennent,
Et dont seuls les grands yeux des astres se souviennent.

LE JARDINIER

Que n'ai-je ta puissance en consultant la nuit
Par ma fenêtre, à l'heure où mon lit me réclame !

LE BERGER

Aimez votre foyer et soignez-en les flammes,
Et cultivez vos fleurs en leurs pots arrondis :
Votre esprit n'est point fait pour percer le mystère
Dont le ciel suspend l'ombre ou le feu sur la terre ;
Le marais fume au loin et le temps va changer.
Adieu, probe et doux jardinier.

LE JARDINIER

Adieu, berger.

LE MÉNÉTRIER

Soir de juillet torride et sec.
Serrant le bois sonore au creux de son épaule,
Un joueur de rebec
S'est lentement assis et joue au pied d'un saule.

Il chante pour lui seul, et ne voit pas
Qu'en ce déclin du jour se rapprochent des pas.

Sous les arbres, au long des routes ;
Et qu'on se glisse derrière les troncs
Et qu'à demi cachés apparaissent des fronts
De jeunes filles qui l'écoutent.

Il sait rythmer en ses chansons
Toute la ronde des saisons,
Mais aujourd'hui, seul lui importe
De célébrer les humbles clos
Avec leur vie et leurs travaux
Et leur repos
Quand, au soir descendant, on verrouille la porte.

Il a chanté d'abord
L'aube aux mains d'or
Qui passe en frissonnant sur la cime des hêtres
Et qui s'en vient, pour réveiller
Les fronts pesants sur l'oreiller,
Frapper chaque matin à la même fenêtre.

Il a chanté encor
Le bûcheron alerte et fort
Qui s'enfonce sous bois pour reprendre sa tâche
Et dont reluit soudain dans les massifs vermeils,
En plein soleil,
La hache.

Il a chanté d'un gosier ferme et plein
La charrue entaillant les glaises violettes
L'homme aux bras durs qui bêche et qui halète,
Et sa femme à genoux qui bine un champ de lin ;

Il a chanté, et maintenant il chante,
La sieste de midi sous les branches penchantes ;
L'horizon par les vents doucement secoué ;
Les longs troupeaux en marche à travers route et plaine
Dont les dos inégaux et mouvants sous la laine
Apparaissent au loin comme un champ remué ;
Son rythme vit et fait trembler les vieux villages
Du quadruple galop d'un volant attelage ;

Avec son mince archet mordant son rebec faux
Il imite le bruit court et sifflant des faux
Ou le cri du grillon sous la fine poussière.
Il chante, le beau gars, debout dans la lumière,
Qui s'étanche le front du revers de sa main.
Il indique le geste ondoyant d'un chemin
Qui s'incurve et s'éploie et contourne la haie.
Un bruissement s'entend sous la grande futaie
Et voici qu'à leur tour les bêtes au poil roux
       Sortent de l'ombre et se hasardent
    Et se glissent et s'approchent, et, tout à coup,
        Avec des yeux fixes et doux,
       L'environnent et le regardent.

Le chant s'est arrêté, et l'archet suspendu
Ne semble plus glisser que sur un rai de lune.
Les étoiles, là-haut, scintillent une à une ;
Un tel silence autour des bois s'est répandu
Qu'on croirait qu'il s'étend jusqu'au bout de la terre.

Doucement, lentement, le vieux ménétrier
Se lève et puis s'en va par le prochain sentier
Et puis s'efface et disparaît dans le mystère
Autoritaire.

DIALOGUE RUSTIQUE

VINCENT

Certes je ne sens pas au plus profond de moi
                    Cette âpre foi
                        Qu'avait mon père
                Et dans son clos et dans sa terre ;
    Et quelquefois j'ai peur de ne comprendre point
    Tout ce dont la campagne exigeante a besoin ;
    Lui, ne doutait jamais, tandis que moi, j'hésite ;
    Il marchait lentement et je veux marcher vite ;

Sa volonté de pierre était rude au toucher ;
Il parlait peu : ce qu'il pensait restait caché ;
Le jour qu'il trépassa comme on rentrait les orges,
Il en voulut broyer, sous ses dents, dans son lit,
        Quelques épis.
Mais le grain âpre et sec lui resta dans la gorge,
Si bien qu'il s'en alla de trop aimer son champ.

PHILIPPE

Chacun suit son idée et chacun son penchant.

VINCENT

Mon père détestait et maudissait les villes
Et le bruit de leurs docks et le chant de leurs tours
Et le passage rouge et noir par les labours
De leur vie affolée et de leurs trains fébriles ;
Et lorsqu'il s'y rendait, aux jours de la Saint-Jean,
Pour livrer son bétail et toucher son argent,
Jamais il ne chaussait ses bottes forestières
Sans y jeter d'abord un peu de notre terre,
Pour demeurer chez lui, tout en marchant là-bas.

PHILIPPE

Chacun suit son idée et ne se doute pas
Qu'on peut penser, à ses côtés, mieux qu'il ne pense.
Mon père avait aussi sa rage et sa démence,
Mais aucun de ses fils n'a suivi son erreur :
Et l'un s'en est allé par delà l'Equateur,
On ne sait où, très loin, en un coin d'Amérique,
Sous un sol de volcans chercher l'or sulfurique ;
Un autre achalanda dans le faubourg voisin
Un cabaret fleurant la bière et le gros vin ;
Un autre est devenu cocher ; un autre encore
S'angoisse en une banque où des comptoirs sonores
Retentissent, dit-il, du bruit de l'univers.
Moi seul, je suis resté, du printemps à l'hiver,
Celui qui tord son gain de sa terre rebelle,
Mais dont le cerveau s'ouvre aux recherches nouvelles.

VINCENT

C'est grâce à vous que j'ai fumé mon champ vivant
Avec l'engrais subtil que compose un savant.

8

Et que, sur le coteau ployé comme une échine,
Mes quatre chevaux noirs traînent l'ample machine
Dont la hâte précise et le jeu net et sûr
Moissonnent tout mon seigle, en un jour, sous l'azur.
Ah! qu'ils sont loin les temps où s'en venait mon père
Avec sa femme et ses cinq fils, faucher sa terre.

PHILIPPE

Au chant du coq, tous les matins
En des bidons de cuivre et des cruches d'étain,
Je verse et je mesure un lait pur et crémeux.
Ma charrette peinte de bleu
Conduit vers la grand'ville et ses mille maisons
Cette liquide et vierge et blanche cargaison.
Je fais claquer gaîment mon fouet aux carrefours,
Les servantes, aux sabots clairs, aux jupons lourds,
Pour que ma main les serve accourent sur leur seuil.
Mon rire et mon salut leur font joyeux accueil.
Et je dispense ainsi à l'immense cité,
Contre du bel argent, pièce à pièce compté,

Un peu de la rustique et plénière santé.
Mon travail fait, je m'en reviens par les quartiers
Où dans l'ample fureur des brasiers et des flammes
Les forgerons vainqueurs donnent comme une autre âme,
Au corps rouge et brûlant du fer et de l'acier.
Oh ! les multiples crocs et les fines jointures
Des instruments parfaits qu'on destine à nos champs,
En ai-je étudié la pointe et le tranchant,
Et la flexible et résistante architecture !

VINCENT

Ecoutez-la ronfler et rythmer son effort
Au milieu de la plaine où les orges s'effilent,
Ma faucheuse dont le timon est orné d'or :
Sa marche est régulière et son aile mobile
Rabat, à coups égaux, les épis sur le sol.
On dirait un oiseau qui s'essaye en son vol,
Mais à fleur de sillon et sans quitter la terre.
Déjà, elle n'est plus l'intruse autoritaire,

Qui, l'an dernier, s'en vint régner sur nos travaux.
Mes doigts ont assoupli ses rouages nouveaux
Et sa force docile a compris ma pensée.
Quand je la vois, l'hiver, sous mon hangar, tassée
Dans l'ombre, avec ses dents et ses fermes essieux,
Auprès des chariots, des socs et des faucilles,
Je sens bien que l'accord s'est fait, dûment, entre eux
Et qu'ils font aujourd'hui une même famille.

PHILIPPE

Il ne faut point haïr tout ce qu'on fait là-bas
De neuf et de puissant dans des usines rouges.
L'homme avisé sait bien que tout change et tout bouge
Et que rien n'est plus sot que de ne vouloir pas
Regarder du côté d'où s'élèvent les villes.
Grâce à elles, les gens d'ici sont moins serviles
Et combinent leur gain mieux qu'au temps des aïeux.
Si quelque train brutal coupe nos champs en deux,
Il paye à beaux deniers le droit de son passage
A travers la splendeur de nos clairs paysages.

Peu me chaut qu'au village on me traite de fou
Si l'étranger m'achète un arpent de ma terre
Plus cher qu'homme d'ici jamais ne le pût faire;
Tout profite à celui qui s'arrange de tout.

VINCENT

Que vous ayez raison, je l'affirme à cette heure
Où grâce à vous mon clos a doublé son rapport.
Je voyais trop, jadis, comme voyaient les morts
Qui vivaient avant moi dans ma vieille demeure
Et dont les pas ont lentement usé mon seuil.
A vivre trop de leur pensée et de leur deuil
On s'abandonne au sort, et pour l'œuvre nouvelle
On se sent le bras lourd et lourde la cervelle.

PHILIPPE

Le vieil esprit des champs
Comme le chaume a fait son temps;

Armez-vous de pensers fermes et téméraires,
    Comme nos toits et nos auvents
    Se sont vêtus contre le vent
    D'une armure de tuiles claires ;
    Sinon passez et taisez-vous
Et laissez croire à ceux qui déjà vous méprisent
Que l'ombre et le soleil et la pluie et la brise
    Ne sont plus faits pour vous.

TITYRE ET MŒLIBÉE

Avec des flûtes dans leurs mains,
Se sont perdus par mes chemins
    Tityre et Mœlibée;
Ils n'ont rien vu de mon pays
Que des voiles de brouillard gris
    Et des feuilles tombées.

Son pâle été leur parut froid
Avec son brusque et lourd convoi

Et de vents et d'orages.
Ils se disaient : « Comment chanter
« Les fruits, le miel, la volupté,
        « Sous ces mornes ombrages ?

« Quand tombe, aux horizons, la nuit,
« Où rencontrer celle qui fuit
        « En riant, vers les saules,
« Et nous permet d'apercevoir
« Dans la douce clarté du soir
        « Un peu de son épaule ?

« Sur un pignon humide et bas
« Le raisin clair ne mûrit pas,
        « Et quel écho docile
« Répéterait parmi ces prés
« Les chants divins qu'ont inspirés
        « Les muses de Sicile ?

« Les gens d'ici se parlent peu,
« Ils ignorent le vin de feu
  « Qui empourpre les outres,
« Ils se terrent en des maisons
« Dont le foyer plein de charbons
  « Noircit le mur d'outre en outre.

« Ni le cyprès, ni l'olivier
« Ne font un abri familier
  « Au milieu de leurs plaines.
« L'ombre descend avant le soir,
« Et le tumulte immense et noir
  « Y gronde dans les chênes.

« Ils allument au jour tombant
« Une humble pipe, en se courbant.
  « Vers la flamme de l'âtre ;
« Leur amour n'aime que pain bis.
« Ils ne connaissent Alexis,
  « Ni Gallus, le beau pâtre

« Rome n'éblouit point leurs yeux
« De ses héros ni de ses dieux
    « Pareils à une armée
« Et leur ville n'est qu'un hangar
« Que trouent les trains, de part en part,
    « A travers les fumées. »

Ainsi, marchant par nos chemins,
Avec leurs flûtes dans leurs mains,
S'entretenaient, non sans sourire,
    Mœlibée et Tityre ;
Soudain un vieux berger, qui savait plus d'un chant,
S'arrêta devant eux, sur le bord de son champ
    Et lentement se prit à dire :

    « Les gens qui sont d'ici
    « Aiment la peine et le souci,
« Et leur ciel inclément et leur terre indocile.
« Ils acceptent leur sort et n'en veulent changer
    « Et conquièrent dans le danger
    « Leur bonheur difficile.

« Les muscles de leur corps
« Ne sont joyeux que par l'effort
« Qu'ils ménagent avec calme afin qu'il perdure;
« Leur volonté tenace est un métal rugueux
« Qu'ils ont coulé dans un bon creux
« Sans paille ni soudure.

« Si leur amour jaloux
« Guette dans l'ombre où tout à coup
« Comme une meule ardente au bord du pré s'enflamme,
« C'est qu'ils aiment la force et ne redoutent pas
« L'inévitable et vieux combat
« Pour l'or ou pour la femme.

« Jamais vous ne saurez
« Là-bas, sous vos cieux azurés,
« Ce qu'est un foyer clair avec lequel on cause,
« Tandis que choit la pluie et que souffle le vent
« Et qu'il secoue et bat l'auvent
« Et la fenêtre close.

« Au sein de nos guérets

« Le cœur des gens est plus secret

« Qu'en vos vallons boisés où Pan rit dans les feuilles,

« Où l'on entend les Dieux chanter dans les pipeaux,

« Où Lycoris au bord des eaux

« Se couche et vous accueille.

« La ville et tous ses bruits

« Et ses trains d'or trouant la nuit

« Ont effrayé pendant longtemps les blancs villages,

« Mais aujourd'hui l'accord est fait et les marchés

« Voient de beaux gars endimanchés

« Mener vers eux mille attelages.

« Ainsi

« Vivent les gens d'ici,

« Travaillant ferme et dur pour la moindre pécune

« Dans la bonne ou douteuse ou mauvaise fortune ;

« Certes se doutant bien qu'il est au loin, là-bas,

« Un soleil moins hostile en un moins lourd climat,

« Mais rivés à leur sol compact, farouche et blême,

« Et le chantant

« Aux jours d'été et de printemps,

« Quand même. »

QUELQUES CHANSONS DE VILLAGE

LE FRANC BUVEUR

Quand tintera de tour en tour,
    Midi,
Le charpentier de Locristy
    Boira
    Douze pintes de bière.
Le charpentier tendant le cou
Boira la bière en douze coups,
Boira la bière nourricière
A la santé du ciel et de la terre.

Le premier broc est dédié
Au pur et saint mois de Janvier,
Quand la neige est laineuse et blanche
Comme les fleurs de l'orobanche.

Le deuxième verre aura l'honneur
De célébrer la Chandeleur,
Et la frêle bourse-à-pasteur
Qui croît déjà de rive en rive,
    Alors qu'au bord des routes,
        Avant le soir, s'écoute
        Un chant de grive.

Le mois de Mars aura pour lui
La troisième pinte qui luit
Comme une vitre après l'averse ;
Déjà l'autan noir s'est enfui ;
Mais l'air est plein encor de grêlons blancs
    Qui sont aigus et violents
    Comme les pointes de la herse.

Avril, c'est à ton tour
D'être fêté par le quatrième verre.
L'orge naissant verdit la terre.
L'alouette au point du jour,
Bondit et rebondit en vols et en voyages
Sur les enclos et sur les champs :
Et l'on rêve à des fleurs de trilles et de chants
Montant, là-haut, vers la clarté des beaux nuages

Le cinquième broc est entamé
A la gloire du mois de Mai
Qu'auréole de nimbes et de cierges
La Vierge.
Le charpentier, tout bonne humeur,
Semble lever au ciel son cœur
Dans un verre de liqueur blonde,
Et le vide soudain et puis sourit
Aux dix enfants qui déroulent autour de lui
Leur ronde.

Tu seras exalté,
Beau mois de Juin qui bellement composes
L'été
Et les feuilles frêles et frissonnantes ;
Beau mois de Juin, tu seras exalté,
Toi qui, traînant à tes côtés
Des guirlandes de roses,
Les soulèves et les suspends et les disposes
Contre nos murs, jusqu'à nos toits ;
Beau mois de Juin, beau mois de roses,
Le sixième verre sera pour toi.

Lève bien haut ton septième verre
Et vide-le d'un geste altier,
Bon charpentier,
Voici Juillet, mois de lumière.
Les couchants d'or sont merveilleux ;
Des chars de foin, frôlés de feux
De loin en loin, là-bas, illuminent les plaines.
Comme une torride haleine.

Le vent passe sur ceux qui vont
Rêver d'amour, au bois profond ;
Et qui partent soudain vers les combes secrètes,
Sans voir que derrière eux
Luit la faux large au tranchant creux
Qui domine leur front et menace leur tête.

Honorons tous le beau mois d'Août
Quand les seigles houleux et fous
— Epis pesants, tiges fluettes —
Versent leurs ombres violettes
Sur la clarté des sentiers roux.
Honorons-le parce qu'il porte
Lui seul, parmi tant d'autres mois,
Comme un immense et lumineux pavois
Les moissons fortes.

Honorons-le sans oublier
Qu'en son honneur le charpentier
Vient de saisir, sur une plinthe,
Pour la sabler, sa huitième pinte.

Bière
Du neuvième verre,
Vous êtes blonde comme les grappes
Que Septembre suspend et que le soleil frappe
Sur les pignons voisins.
Bière blonde, sœur du bon vin,
Le charpentier qui vous savoure
N'ignore pas qu'il est au loin, en des pays dorés,
D'autres buveurs transfigurés
Buvant du vin avec bravoure;
Et c'est à eux qu'il songe en souriant
Lorsqu'il tend, avant de boire,
Son large broc couleur de gloire
Vers l'Orient.

Quoique voilé déjà de pluie et de tristesse,
Octobre, en Flandre, au bord des eaux,
Agite encor dans les hameaux
Le trépignement fou des dernières kermesses.
Le charpentier
Qui but un jour trente setiers

Aime les gars, aime les filles
Qui font trembler le sol des bonds de leurs quadrilles;
Il a l'orgueil d'être pour eux
Comme un exemple glorieux,
Et d'un élan, à l'instant même.
Vide sa pinte, la dixième.

Novembre aux nuages livides,
Malgré l'assaut de tes grands vents,
Jamais tu ne feras plier
Sur les jambes solides,
Le charpentier.
Il se redresse, et son broc tout entier,
Le onzième ! sitôt levé, redescend vide.
On le bouscule, on vient, on revient, on s'en va.
Les uns, avec respect, touchent déjà son bras
Qui fut vaillant et prompt à lui verser la bière.
D'autres vont avertir sa sœur et ses trois frères,
Qui travaillent chez eux et ne se doutent pas
De quel exploit leur frère

Couvre, là-bas,
Les siens d'abord, et sa famille tout entière.

Enfin, voici le broc douzième, le dernier.
Quand il le tend, droit devant lui, le charpentier
Se sent joyeux et fier comme au bout d'un voyage.
Un large rire a tressailli sur son visage.
Il est le maître, il est vainqueur ; chacun le sait.
S'il n'engloutissait point ce dernier broc d'un trait,
S'il dédaignait la plus certaine des victoires,
Son front, d'un point plus haut, dominerait la gloire,
Mais que de simples gens son geste attristerait.
Rapidement, sa main fébrile et angoissée
Repousse et jette au loin cette folle pensée,
Et cette fois, lutteur tranquille et solennel,
Les deux pieds appuyés fortement sur la terre
          Il boit son dernier verre
             A la Noël.

LES DEUX ENFANTS DE ROI

Il était deux enfants de roi
Que séparaient les eaux profondes;
Et rien là-bas, qu'un pont de bois,
Là-bas, très loin, au bout du monde.

Ils s'aimèrent. — Sait-on pourquoi?
Parce que l'eau coulait profonde,
Et qu'il était, le pont de bois,
Si loin, là-bas, au bout du monde.

LES AMOUREUX

L'été, lorsque les longs dimanches
Tintaient dans les clochers nombreux,
Tu écoutais tes amoureux,
La belle fille aux fortes hanches.

Et le premier chantait :
« Ah, si ton cœur était
La plus frémissante des feuilles
Qu'avec joie et danger, on cueille

A la cime de la forêt,
Dès la prime heure, à l'aube blanche,
D'arbre en arbre, de branche en branche,
Je monterais. »

Et le second chantait :
« Ah ! si ton cœur était
Le caillou d'or et de lumière
Qui brille au fond de la rivière,
Dussent m'entortiller les rêts
Que mille herbes y entrecroisent,
Jusques au fond de l'eau sournoise
Je plongerais. »

Un autre encor chantait :
« Ah ! si ton cœur était
Le fruit que sa splendeur exile
Là-bas, en mer, au fond d'une île,

Parmi les vénéneux marais,
Avec ma ferveur vagabonde,
Vers les confins même du monde,
Je partirais. »

Et tes lèvres riaient d'un beau rire charnu,
Mais ne répondaient guère,
Et sans rien dire, au bout de ton pied nu,
Dans la lumière,
Tu balançais ton sabot clair.

ALLEZ-VOUS-EN

Allez-vous-en, allez-vous-en
L'auberge entière est aux passants.

— Elle est à nous, elle est à nous,
Depuis bientôt trois cents années.
Elle est à nous, elle est à nous,
Depuis la porte aux longs verrous
Jusqu'aux faîtes des cheminées.

— Allez-vous-en, allez-vous-en,
L'auberge entière est aux passants.

— Nous en savons, nous en savons,
Les ruines et les lézardes,
Mais c'est nous seuls qui prétendons
En remplacer les vieux moellons
Des bords du seuil jusqu'aux mansardes.

— Allez-vous-en, allez-vous-en,
L'auberge entière est aux passants.

— Nous vénérons ceux qui sont morts
Au fond de leurs cercueils de chêne,
Nous envions ceux qui sont morts
Sans se douter des cris de haine
Qui bondissent de plaine en plaine.

— Allez-vous-en, allez-vous-en,
L'auberge entière est aux passants.

— C'est notre droit, c'est notre droit,
D'orner notre enseigne d'un Aigle ;
C'est notre droit, c'est notre droit,
De posséder selon les lois
Plus qu'il ne faut d'orge et de seigle.

— Allez-vous-en, allez-vous-en,
Gestes et mots ne sont plus rien.
Allez-vous-en, allez-vous-en,
      Et sachez bien
Que notre droit, c'est notre faim.

LA FILLE ARDENTE

Vents, dénouez mes longs cheveux,
Et brûlez-en mes amoureux.

Mouillez mes mains, fraîche rosée,
Et qu'aussitôt mille désirs
Se rassemblent pour les saisir
Quand je les tends de ma croisée.

Pluie aimante, lavez mes yeux
Pour qu'ils soient clairs comme l'audace
Et que les bourgs par où je passe
Sentent flamber mon cœur en feu.

Et vous, soleil, dorez ma tête,
Dorez mes seins, et tout mon corps
A l'heure où l'amant le plus fort
Courbe mes reins sous sa conquête.

Vents, dénouez mes longs cheveux
Et brûlez en mes amoureux.

LE SABOTIER

Vite allumez bougie et cierge,
Pauvre femme, devant la vierge,
Votre mari le sabotier
Voit aujourd'hui son jour dernier.

Et les enfants en troupe folle
Sortent gaîment de leur école
Et font claquer sur le trottoir
Leurs sabots blancs, leurs sabots noirs.

— Vous, les gamins, cessez de faire
Un tel vacarme sur la terre
Quand meurt en un logis voisin,
Sur sa couche, un homme de bien.

— Ne vous emportez point, ma femme,
A l'heure où doit partir mon âme;
Laissez claquer sur le trottoir
Les sabots blancs, les sabots noirs.

— S'ils font ce bruit sous la fenêtre,
Nul n'entendra venir le prêtre
Ni la sonnette du bedeau
Ni ceux qui tiennent les flambeaux.

— Souliers de bois à forme antique,
En ai-je fait dans ma boutique!
Laissez claquer sur le trottoir
Les sabots blancs, les sabots noirs.

— Et qui dira d'une voix claire
Les prières réglementaires
Comme Dieu même le prescrit,
Sans que se trouble son esprit ?

— J'écoute au loin tourner leur ronde
Avec mon âme, avec le monde ;
Laissez claquer sur le trottoir
Les sabots blancs, les sabots noirs.

— Tant que sautent dans la rue
Ces soques dures et bourrues,
Aucun ange ne chantera
Pour votre mort : l'alleluia!

— Afin de mieux rythmer leur danse,
Tournent les feux du ciel immense.
Laissez claquer au fond du soir
Les sabots blancs, les sabots noirs.

L'OR

Cachez-le bien :
On nous guette peut-être;
Cachez-le bien :
J'ai peur que le soleil,
Quand midi luit à ma fenêtre,
Ne me le prenne.

Cachez-le bien,
Non pas ici, mais dans la huche.

Non pas ici, mais bien là-bas,
        Sous les plâtras
          Et sous les bûches,
On ne sait pas, — on ne sait pas,
Par quel chemin quelqu'un viendra.

Que le jour entre ou bien qu'il sorte,
          Qu'importe !
N'ouvrez jamais à deux battants
          La porte.
Ne bougez pas, ne bougez pas,
J'entends un bruit intermittent,
          J'entends un pas,
          Un pas, là-bas.

L'entendez-vous, l'entendez-vous ?
On fait glisser, comme une quille
Dans ses crampons, le vieux verrou.
L'entendez-vous, l'entendez-vous,
Jamais je ne serai tranquille..

On me croit vieux, on me croit vieux,
Mais qui donc entendrait mieux
Que je n'entends dans les ténèbres?
Qu'il fasse nuit ou bien soleil,
J'ai pour me tenir en éveil
La bonne peur dans mes vertèbres.

Sous l'armoire, cachez-vous bien,
Puis, imitez l'aboi d'un chien.
L'ombre se fait, l'heure est obscure,
Dites, ne voyez-vous donc pas
Qu'un œil est là, qu'un œil est là
Qui regarde par la serrure?

Le temps s'enfuit et l'œil s'en va.
Ce qui trottait, c'étaient les rats
Dans le fournil, près des falourdes.
Le sommeil vient — ma tête est lourde ;
Mais qui prendra quelque repos
S'il n'a son or, là, sous sa peau?
Ah ! si mon or était mes os !

LES JEUNES FILLES

Allez, venez,
Rejoignez-vous ou quittez-vous,
Allez, venez et revenez,
Sans perdre haleine,
Mille chemins couvrent la plaine.

Allez, venez,
Au long des jours de la semaine,
De clos en clos, de prés en prés
Allez, venez et revenez.

Mais le dimanche,
Quand votre corps lavé ceindra ses cottes blanches,
Rejoignez-vous,
Vous les fraîches et belles filles,
Au carrefour des trois charmilles.

De beaux garçons
Y passeront,
Et l'ombre y choit sur les gazons.
Allez, venez,
Pour y mener
Sous les charmilles
De longs et sinueux quadrilles.

Allez, venez et quittez-vous,
La danse est pleine de remous,
De surprises, de fuites et de feintes,
Mais ne dansez jamais qu'en serrant votre cœur
Contre le cœur de vos danseurs.

Peut-être, un jour, en une étreinte,
Surprendrez-vous
Quel cœur jaloux
Sera celui de votre époux.

En attendant, allez, venez,
Au long des clos, au long des prés,
Tenant vos seaux de lait pendus à vos poings fermes;
Déjà l'heure est nocturne, et les troupeaux dorés
Un à un sont rentrés,
Avec des beuglements, dans la paix de la ferme.

Allez, venez, et puis dormez.

LE PRÉ

Parmi les marguerites,
Se sont assises dans un pré,
  Trois jeunes filles.
Elles s'exaltent et babillent
  A leur gré;
Savent-elles ce qui incite
Leur langue à tant parler?

11

La première fait mille contes,
Se trompe et se reprend, et puis raconte
D'oreille à oreille,
Comment elle a capté la veille,
Sans bruit, en tapinois,
Un essaim migrateur qui s'égarait au bois.

La deuxième n'est point en reste,
— Brusques regards, paroles prestes
Et menus gestes —
Mieux que personne, elle connaît les soins
Dont a besoin,
Par les saisons de pluie et de neige aggravées,
La première couvée.

Enfin
La troisième caquette en vain.
On l'interrompt, puis on se tait ; puis on écoute :
Des pas se font entendre sur la route

Et s'approchent du pré
Où sont assises à leur gré
Les jeunes filles.
Ce sont trois gars du bourg voisin
Qui se taisent aussi, mais passent leur chemin
Sans regarder qui les regarde.

Au ciel, à cet instant, passe une ombre hagarde.
Aucun des gars ne se retourne en s'éloignant.
Et maintenant,
Sur le tertre obscurci où leur dépit s'accoude,
Jusques au soir tombant, les trois filles se boudent.

LA DANSE DES VIEUX ET DES VIEILLES

— Gens de l'hospice, entrez en danse,
La vieille mort part en vacances.

Voici venir le riche été
Vous jetant l'or de sa santé.

Sa brise souffle sur vos lèvres,
Pour en chasser l'essaim des fièvres

Et le ciel clair offre à vos yeux
Son large feu silencieux.

Gens de l'hospice, entrez en danse,
La vieille mort part en vacances.

— Hélas ! hélas ! ils sont si gourds
Nos dos pesants et nos pieds lourds.

Nos yeux ont perdu l'habitude
De voir brûler la clarté rude.

Nos fronts, nos bras, nos flancs, nos reins
Sont si bien faits aux longs chagrins,

Que, pour nos pauvres cœurs sans larmes,
Le vieux bonheur n'a plus de charmes ;

Hélas ! hélas ! ils sont si gourds
Nos dos pesants et nos pieds lourds.

— Dans le jardin de votre hospice,
Le sol est chaud, l'air est propice.

Même à l'ombre des coins obscurs,
Le lierre y mord un pan de mur.

Sur un rosier de cent années
S'ouvrent trois roses obstinées

Et le berceau des vieux chemins
Vous tend ses fleurs comme des mains.

Dans le jardin de votre hospice,
Le sol est chaud, l'air est propice.

— Certes, on aimerait cueillir,
Pour en orner ses souvenirs,

Ne fut-ce qu'une simple rose
Sur la branche où elle se pose.

On aimerait à pas égaux,
Et deux à deux, jusqu'aux berceaux,

Se trimbaler pour voir encore
Les phlox grandir à chaque aurore.

Certes, on aimerait cueillir
Quelques roses en souvenir.

— Quand vous serez sous les charmilles,
Poussez plus loin, passez la grille.

Gagnez le champ dont les sentiers
Vous sont connus et familiers.

Les vieux clochers avec leurs cloches
Parlent de vous de proche en proche,

Et l'un d'entre eux vient de sonner
Sur le bourg où vous êtes nés.

Quand vous serez sous les charmilles,
Poussez plus loin, passez la grille.

— A voir nos toits et nos hameaux,
Peut-être oublierons-nous nos maux.

Nous causerons avec les pierres
Séculaires de nos chaumières,

Avec les cendres du foyer,
Avec l'armoire en vieux noyer,

Avec les sièges qu'on rempaille,
Et la Vierge de la muraille.

A voir nos toits et nos hameaux,
Peut-être oublirons-nous nos maux.

— Ecoutez donc, voici la fête
Qui fait tourner jambes et têtes.

Frappant le sol d'un pied bourru,
Sautent vos fils, dansent vos brus.

L'orge des champs muée en bière
Semble de l'or au creux des verres.

Et pour trinquer comme au vieux temps,
Vous les aïeux, on vous attend.

Ecoutez donc, voici la fête
Qui fait tourner jambes et têtes.

— Dites, comment danserons-nous
Sans qu'on nous prenne pour des fous?

C'étaient jadis d'autres étreintes
Et d'autres cris autour des pintes.

C'étaient jadis d'autres chansons,
Que cadençaient cors et bassons.

C'étaient jadis de bons vieux thèmes,
Que notre cœur rythmait lui-même.

Dites, comment danserons-nous,
Sans qu'on nous prenne pour des fous?

— Gens de l'hospice, entrez en danse,
La vieille mort est en vacances.

Il n'importe que le basson
Scande aujourd'hui d'autres chansons.

L'antique essor, qui est la **vie**,
Toujours nous mène et nous convie.

Sitôt qu'un peu d'espoir nous luit,
C'est notre cœur qui nous guérit.

Gens de l'hospice, entrez en danse,
La vieille mort est en vacances.

LE ROULIER

D'un geste large et régulier
Vide ta pinte,
Roulier.

Elle contient l'eau de la Lys
Et le houblon
Et l'orge de la Flandre;
Vide ta pinte
Joyeux et recueilli

Et laisse un peu de ton pays
Dans toi-même descendre.

Orge et houblon
Avant de s'exalter vers la lumière,
Ont pris d'abord au sol profond
La bonne sève de la terre.

Comme toi, roulier,
Ils ne savent du monde
Que les champs clairs et familiers
Qui vont d'Alost jusqu'à Termonde;
Ils ont aimé aux temps d'éveil
La même pluie et le même soleil,
Et les voici mêlés aux eaux de la rivière
Qui lentement sont devenues,
Pour ton grand corps rouge et charnu,
La bière.

D'un geste large et régulier
Vide ta pinte,
Roulier.

Et commande avec entrain
Un second verre
Pour le vider
Avec la saine et luisante commère
Qui te l'apporte
Au seuil des portes
Sur un plateau d'étain.

Car elle aussi a puisé dans la terre,
Dans l'air, le vent et le soleil,
Et sa force robuste et son beau sang vermeil.
Le champ et ses moissons, le fleuve et ses méandres
Ont exalté ses yeux profonds,
Et, comme l'orge et le houblon,
Elle est une belle et forte plante de Flandre.

D'un geste large et régulier
Vide ta pinte et songe à ton pays,
Roulier.

LE MORT

En contournant le presbytère
Les morts d'ici s'en vont en terre.

Le menuisier quitte son banc
Pour voir passer les cercueils blancs.

La servante de l'archiprêtre
Met ses grands yeux à la fenêtre.

12

Les quatre enfants du colporteur
Cessent leurs jeux dévastateurs.

Et près du seuil, fumant sa pipe,
Se tient le vieux marchand de nippes.

Le mort repose sur son dos
Parmi la paille et les copeaux.

Chacun l'y voit, mal à son aise,
Ses os pointus heurtant la caisse.

Aucun cercueil n'est sans défauts,
L'un est trop bas, l'autre est trop haut.

Et les porteurs qui le trimbalent
Ont les épaules inégales.

Au carrefour de « l'Arbre aux rats »
Le vent soulève un coin du drap.

Les quatre planches de la bière
Ont comme peur de la lumière.

On voit les clous, on voit la croix ;
Chacun songe : « Le mort a froid. »

On sait qu'à peine une chemise
Couvre sa peau rugueuse et grise,

Qu'au jour tonnant du jugement
Il paraîtra sans vêtements,

Et plein de honte, et pauvre et blême,
Et grelottant devant Dieu même.

Le cortège longe les prés
Et la ferme du Prieuré.

Le mort, jadis, mena sa herse
Parmi les champs que l'on traverse.

Dans le mois d'août, en plein soleil,
Il y fauchait orge et méteil.

Son cœur avait pour habitude
De se pencher sur ce sol rude,

De lui parler à mots tout bas,
Le soir, lorsque les bras sont las.

Ses doigts étaient heureux de prendre
A ce champ noir un peu de cendre,

De l'emporter à la maison
Pour en sentir près des tisons,

Lorsque l'on cause à la nuit proche,
Les mottes sèches, dans ses poches.

Le cimetière aux buis épais
Lève là-bas ses trois cyprès.

Le fossoyeur, avec sa bêche,
Creuse la terre ocréuse et sèche.

Sa bru l'a réveillé trop tard
Et le travail est en retard.

Le sang lui bout dans chaque artère,
A voir de loin venir la bière.

Sa colère s'en prend au mort,
Et pour soudain marquer le tort

Que ce défunt maudit lui cause,
Féroce, il crache dans la fosse.

Des pas sonnent sur le talus,
Se rapprochant de plus en plus.

Le cimetière ouvre ses grilles
A ceux qui sont de la famille.

Le ciel est noir, le vent est fou,
Le mort est là, devant son trou.

Entre la bière et la terre orde
Le fossoyeur glisse ses cordes.

Avec un bruit terrible et creux
Elles serrent le bois rugueux.

Aucun sanglot ne fait entendre
Sa douleur lourde, immense et tendre.

Et dans la nuit et le néant,
Immensément le mort descend.

TABLE DES MATIÈRES

LES BLÉS MOUVANTS

QUELQUES CHANSONS DE VILLAGE

Poitiers. — Imp. Marc TEXIER. — 15-XII-25